KB073281

검은
잎사귀의
노래

검은 잎사귀의 노래

초판 1쇄 발행 • 2019년 9월 20일
초판 2쇄 발행 • 2020년 1월 20일

지은이 • 황재학
펴낸이 • 황규관

펴낸곳 • 도서출판 삶창
출판등록 • 2010년 11월 30일 제2010-000168호
주소 • 04149 서울시 마포구 대흥로 84-6, 302호
전화 • 02-848-3097
팩스 • 02-848-3094

디자인 • 정하연
인쇄 • 신화코아퍼레이션
제책 • 국일문화사

ⓒ황재학, 2019
ISBN 978-89-6655-114-9 03810

검은
잎사귀의
노래

황재학 시집

삶창

시인의 말

오랜 세월 시 주변에서 배회했다. 간혹 시가 얻어걸릴 때도 있지만 그때뿐이다. 그동안 달랑 시집 한 권 내고도 아무 일 없이 잘 지냈다. 자본의 무한 증식과 하루가 다르게 엄청난 속도로 변해가는 사회 속에서 한가롭게 시를 쓰는 일은 남들에게 찌질하게 보이는 일이기도 하다. 하지만 세상은 나를 중심으로 돌아가는 것도 아니고 타자를 중심으로 돌아가는 것도 아니다. 나를 중심으로 돌다가도 타자를 중심으로 돌기도 하고, 타자를 중심으로 돌기도 하다가 나를 중심으로 돌기도 한다. 아니 나와 타자의 경계가 무너져 내가 도는지 타자가 도는지 아니면 나와 타자는 그대로 있는데 세상이 도는지조차 구분이 잘 안 된다. 어지럽다. 그게 삶이고 거기서 시가 생성된다. 이제야 두 번째 시집을 낸다. 굉장한 은총이다. 살아오면서 느낀 경이와 탄식과 절망이 깃들어 있는 작은 시집을 당신에게 보낸다. 꽃가루 뿌옇게 날리는 봄이 돌아눕는다.

조팝꽃 지고 감자꽃 피는 봄의 끝 계룡산 자락에서 황재학

차례

제2부

제3부

제
1
부

겨울 산 1

밤사이에 추웠나

멀리 뵈는 겨울 산은 비구니 머리처럼 파르스름하다

지나온 시간들도 꽁꽁 얼어붙은 겨울 아침이다

콩

털어보면 안다 그들의 집이 얼마나 조그맣고 작은지
털어보면 안다 그들의 꿈이 얼마나 단단히 여물었는지
털어보면 안다 그들의 정신이 얼마나 고독하고 자유로
운지

학봉리

　계룡산 가는 길 동학사 조금 못 미쳐 학봉리 버스정류장 수정슈퍼 앞 평상에 젊었을 때부터 약으로 산다는 눈꼬리가 귓불까지 내려와 보살 같은 가게 주인 할머니와 어릴 적부터 이적까지 병원 한 번 가 본 적 없다는 입가에 주름도 별로 없고 대전에서 이사 온 지 일 년 정도 된다는 할머니가 사이좋게 앉아 꽃망울 오무려뜨리고 떨어지는 분꽃을 바라보고 있습니다. 산자락 넘어가던 해님도 눈시울 붉혔습니다. 밤이 오려면 아직 조금 남았습니다.

겨울 아침

귀때기 얼어붙는 겨울 아침 마당 한쪽에 땔나무를 부리던 아저씨의 푹 패인 볼가와 제멋대로 자란 수염 사이로 보이는 두툼하고 검붉은 입술. 커다란 두 눈을 꿈먹거리며 연신 뿌우연 김을 내뿜는 당나귀의 둥그렇게 뚫린 코와 약간은 벌어진 주둥이와 삐쭉이 내밀은 두 귀가 왠지 쓸쓸하게 느껴지는 것은 금방이라도 눈이 쏟아질 것 같은 하늘 때문일 것이다

겨울 햇살

겨울 햇살이 창가로 들어와 가만히 내 어깨에 손을 얹는다. 풍선처럼 가벼워진 몸이 공중으로 붕 뜨는 것 같다. 야트막한 산들과 시내가 보이고 작은 건물들 사이로 사람들이 바쁘게 지나다닌다. 머나먼 시간은 바람에 날리는 꽃잎처럼 가쁜 숨을 몰아쉬는데 이제 내일은 다시 오지 않는 것. 오직 사막을 건너는 낙타의 슬픈 속눈썹을 생각할 뿐. 나 이제 여기 없네.

지렁이

벽에 단단히 박혀 한때 고단한 생 걸어두었던
하지만 이제 뽑혀서 구부러지고 녹슨 못처럼
지렁이 한 마리 길가에 죽어 있네
척박한 땅속에서 오체투지 하던 생이
이승의 다리를 건너고 있네

저녁놀

　뚝방에 매어놓은 염소를 이끌고 집으로 돌아오는 길
　어린 염소는 붉게 타오르며 쫓아오는 저녁놀이 무서워
　가던 걸음 멈추고 동그랗고 윤기 나는 검은 똥을 무더기
로 싸지른다.

봄날

봄날 살구꽃 피었다 늦지 않으려고 막 달려왔나 뺨이 붉다

덩달아 대나무 숲도 몸을 곧추세우며 서슬이 파랗다

봄볕을 쪼아대는 산비둘기 뾰족한 부리엔 한 점 온기가 묻어 있다

외로움도 새록새록 돋아나는 따사로운 봄날이다

빈집

그들이 떠난 앞마당엔 쇠비름 개망초꽃 제금났다

앞마당 감나무엔 마실 나온 까치 울음소리에 풋감들 붉어
지고

뿌연 먼지 내려앉은 툇마루엔 늙은 햇살이 하품을 해댄다

강 건너 불어온 바람은 더 이상 궁금한 것 없는 지 처마 밑
에서 단잠에 빠지고

어디서 날아왔는지 나비 한 마리 푸른 그늘 부려놓고 숨
가쁜 날개 폈다 접었다 한다

벚나무의 시간

벚나무 오동통한 얼굴이 며칠 사이에 홀쭉해졌다
눈부신 날 지나 허공 속으로 사라지는 분분한 꽃잎들
무수한 나비 떼 날아오르며 태초의 혼돈 속으로 자맥질
한다

새소리

새들은 텅 빈 하늘에 찌꿍 찌찌꿍 찌꿍 찌찌꿍 소리의 사
원을 짓는다

새들은 텅 빈 하늘에 찌찌꿍 찌꿍 찌찌꿍 찌꿍 소리의 사
원을 허문다

아무 일 없었다는 듯이 아무 일 없었다는 듯이 하늘은 푸
르기만 하다

벚꽃

하얀 구름이 내려앉았나 벚꽃 활짝 피었습니다
지나가는 바람이 간질였나 귓불께가 붉게 물들었습니다

봄비

다 잊어버리라고 다 잊어버리라고 봄비는 내립니다

다시는 그리워하지 마라고 다시는 그리워하지 마라고 봄비는 내립니다

마음도 다듬이질 해놓은 이불 홑청처럼 수굿해지는 저녁

개울가 버드나무 가지만 파르스름하게 물올랐습니다 파르스름하게 물올랐습니다

이른 봄

소풍 가는 아이들마냥 소풍 가는 아이들마냥
재잘거리며 재잘거리며 아랫마을로 흘러가는 은빛 물살
개울가 버들강아지 시샘하며 허리를 꼬면
언덕배기 노오란 생강나무 까르르까르르 웃어대지요

개나리꽃이 피었습니다

봄비 내리는 저녁 무렵 연산사거리 신호등 아래

챙이 넓은 밀짚모자를 쓰고 좁은 어깨에 헐렁한 바랑을 멘

귓불이 뽀얗하고 도톰한 앳된 얼굴의 여승이 파란불이 켜

지기를 기다리고 있습니다

건너편 산자락은 뿌연 비구름 속으로 몸을 숨기고 내리는

빗방울은 점점 굵어지는데

길가 개나리꽃은 아무 영문도 모른 채 노랗게 노랗게 피었

습니다

잎새의 길

길을 아느냐 묻지 마라.

나뭇가지에 돋아난 연둣빛 잎새들 다투어 허공에 길을 내고 있네.

진달래꽃

네 마음 누구에게 들켰니? 얼굴이 발그레한 걸 보니.
누굴 사랑하고 있는지 내게만 살짝 말해줄 수 있겠니?

국어 시간

다 큰 처녀 애 같다가도 어떤 때는 어린애 같은 중학교 3학년짜리 계집애들이 입가에 잔뜩 웃음을 머금고 새까만 눈망울로 '선생님 사모님하고 키스는 언제 했어요?' 묻는 5교시 국어 시간. 장마 뒤 호박 넝쿨처럼 달려 나가던 아득했던 날.

제
2
부

겨울 산 2

누가 살짝 건드리기만 해도 맑은 종소리가 날 것만 같은
겨울 산

태풍

먼바다에서 태풍이 올라온다고 한다.

읽던 책 덮어라.

눈 감고 귀 열어라. 그리고 그 입 닥쳐라.

먼 길

먼 길을 돌아 꽃이 왔다. 그의 몸에서 지난 시간의 냄새가
풍겼다. 바람이 창문을 흔들어대는 저녁. 이젠 소식도 없는
여인의 꼭 다문 입술처럼 어둠이 찾아왔다. 멀리서 고요가
몸을 뒤척이는 소리가 들렸다. 문득 살아오면서 행한 모든
잘못을 고백하고 싶다. 생을 마감한 꽃들이 뚝뚝 떨어져 쌓
이고 잡을 수 없는 날들이 눈발처럼 흩날렸다. 숱한 의문들
이 비 온 뒤 대순처럼 삐쭉삐쭉 돋아났다. 길의 끝에 다다른
사람의 숨결엔 기쁨이 묻어 있을까? 아니면 절망이 묻어 있
을까? 절망의 깊이를 아는 사람은 누구인가? 오늘도 별을
보며 사막을 건너는 사람들의 발걸음을 떠올리며 뜨거워지
는 발끝을 내려다보았다. 먼 곳에서 닭 울음소리가 들렸다.
하늘에 못 박힌 별들이 가쁜 숨을 몰아쉰다. 돌아가기에는
너무 멀리 왔다.

세상에서 가장 슬픈 울음

어두운 데서 너는 왜 우니. 너의 아픔이 무엇인지 몰라도 울음을 멈추렴. 더 이상 눈물을 흘리지 마. 세상은 더 많은 아픔이 필요하단다. 사랑은 아픔이 없는 곳에서는 자라지 않지. 울음이 없는 곳에서는 희망도 찾을 수 없단다. 그렇다고 아픔이 사랑은 아니지. 시간이 흘러도 너의 아픔은 너의 아픔. 누구도 너의 슬픔을 대신해줄 수 없단다. 사람들은 모르지 아픔이 곧 세상이라는 것. 그러니 너의 울음은 세상의 울음이야. 네가 세상에 올 때 터뜨린 울음이 우리의 운명이라는 것. 모든 울음이 세상에서 가장 슬픈 울음이란다.

사랑하는 이여

어디로 가는 거야. 말이 없네. 시간은 언제나 우리보다 먼저 도착해 있지. 이제 고통은 그만. 아무도 소유하지 않아. 멀리서 한 마리 나귀가 울었지. 사라진 이여 오, 너 사랑하는 이여. 너와 나 한때 무수한 약속을 했지. 꽃이 지듯 빛나던 맹세도 시들어버리고. 무릎을 꿇었네. 가엾고 순한 눈망울, 수줍은 미소도 이젠 우리 것이 아니지. 누구나 사랑을 말하지만 아무도 사랑하지 않는 오늘. 기적은 부자들의 것이야. 내일을 가르치는 교과서들을 찢어버려. 세상에 약한 것은 보이지 않는 신뿐. 이제 우리에게 즐거운 시간은 없지. 울음을 멈추어라. 사랑하는 이여. 우리의 불행은 영광스럽고 경건한 것. 던져라, 생에 한 번. 힘껏.

너는 누구니?

바람 부는 언덕에 너를 세워두고 싶어. 펄럭이는 세월에 그리움 같은 것은 어두운 마루 밑 구멍 난 고무신 같은 거지. 울음이 묻어 있는 봄빛도 돌아간 지 오래, 서러운 손짓들은 골목을 배회하지. 연탄불 위에서 끓고 있는 허기들이 깨어나고 있어. 시퍼런 생들도 저문 날들을 기억하지. 오므라드는 저 꽃, 꽃들. 한 번도 내게 오지 않은 여인의 거룩한 발걸음을 떠올리는 밤. 세상의 창가를 두드리고 돌아온 바람의 부은 발등에 입 맞추고 싶어. 너는 누구니?

자서전

너는 나에게 무슨 의미가 있지. 또 나는 너에게 무슨 의미지. 사람들은 언제나 그럴듯한 의미를 만들지. 오, 내버려둬 모든 인생이 장미 밭처럼 화려하지 않잖아. 궁금해하지 마. 이제 모든 의미를 기억에서 지워버려. 흘러간 구름이 몰려와 문을 두드리는 창가. 멀리 있는 희망도 이제 눈을 감지. 너에게 나를 묻고 돌아오는 텅 빈 저녁. 마른 어깨에 닿는 어둠의 손길은 새털처럼 가볍다.

저 꽃

나 두렵네. 저기 피어 있는 저 꽃에 마음이 가는 게. 아무도 눈길 한번 주지 않는 저기 저 붉은 저 꽃에 마음이 쓰이는 게 나 두렵네. 되돌아가는 길 저기 저 꽃 내 마음에 어느새 붉게 피었네.

톰 웨이츠

내일 따위는 개나 물어 가라지. 목로에는 그날도 돼지비계 굽는 냄새 위로 비가 찔끔찔끔 내리고. 오늘도 일자리 없어 공친 사람들 잡담을 주고받으며 주인의 눈치를 살피고있지. 이런 날 낮술이라도 한잔하지 않으면 인생은 쓸데없는 거라네. 괜히 동정하는 척하지 말게나. 누구에게나 쥐뿔같은 자존심은 있지. 확실한 것은 오직 고통뿐. 이젠 절망도 내 형제라네. 오늘 죽는다 하더라도 누가 나를 대신할순 없지. 그러니 너무 아쉬워하지 말게나. 세상이 날 버린게 아니라 내가 세상을 버린 거라고. 자, 어때 모두 한 잔들지. 거룩한 분노를 위하여.

어머니를 부르다

서리가 내렸다. 들녘은 비수를 꺼내어 날을 갈았다. 밤새 부풀어 오른 강물은 갈대밭에서 철썩거리다 새벽녘에서야 뿌연 안개를 피우며 몸을 식혔다. 어느 절에선가 아침 예불을 알리는 범종 소리가 들렸다. 언제나 삶은 슬픈 것. 울지 마라. 더 큰 고통 앞에 서기 위해 내일이 있으니. 꽃은 져도 삶은 계속되는 것. 이제 아픔을 노래하라 슬픔이 깊어질 때까지.

검은 잎사귀의 노래

어릴 적 친구들과 숨바꼭질하다
벼 낟가리에 들어가
죽은 새처럼 자다 깬 적이 있다

서쪽 하늘엔 붉은 노을이 타오르고
아이들 뛰어놀던 마당엔 분주한 발자국만 남아 숨을 고
르는데
사위는 관 속에 누워 있는 얼굴처럼 낯설고
검은 잎사귀들은 우울한 노래를 오랜 지붕 위로 날려 보
낸다

얼마나 더 흘러야 너에게 가 닿을 수 있을까
얼마나 더 기다려야 너의 아픔을 만날 수 있을까

나를 떠난 내가 나를 찬찬히 내려다보고 있다

슬픔의 찬가

어둠을 빚어 창가에 내걸었다.
근심을 낳은 바람이 기침을 하며 지나간다.

기다림도 목메는 밤
공중에 걸린 초승달의 이마는 오늘따라 파랗다

종려나무 가지를 흔들어대는 여린 손길들
어깨 위로 슬그머니 기대오는 낯선 구름들

돌아오지 못한 것들과 돌아올 수 없는 것들의 거룩한 탄식
어둠이 어둠을 낳고 절망이 절망을 낳는 시간들

기다려도 오지 않는 날들을 위해
더 이상 슬픈 눈물을 보이지 마라
바람의 등처럼 세상이 부드러워질 때까지
세상이 너를 잊을 때까지

악몽

불을 넣어야겠어. 아궁이가 너무 컴컴해. 아니 구들장이 식었어. 식어버린 달은 왜 대낮인데도 하늘에 떠 있지? 언제 사라질 거야? 누가 너를 붙잡니? 말이 없구나. 너를 보면 눈물이 나. 아침 먹을 시간이 지나버렸어. 꽃이 피었어. 작년에 피었던 꽃들을 올해도 볼 수 있을까? 내 몸을 두드리던 빗방울들은 어디 살고 있을까? 구름이 뭉게뭉게 피어나고 있어. 구름아 나를 네 곁으로 데려다줘. 너에게 가는 게 이제 두렵지 않아. 슬픔도 이제 오지 않을 거야. 나는 알아. 생각한 대로 이루어진다는 게 얼마나 무서운 일인지. 불을 넣어야겠어.

소나기

환하게 밝던 날이 갑자기 어두워지며 후드득후드득 굵은 빗방울이 토란잎을 때리던 여름 오후. 내 생애 오후도 저렇게 어두워지고 삭막해지면 누군가 비구름 몰고 와 한줄기 시원한 소나기라도 퍼부어줄런가

목련꽃처럼

문들이 모두 닫혀 있어. 아니 닫혀 있는 게 아니라 아예 문이 없었던 건 아냐? 내가 들어왔던 문은 어디에 있지? 애초에 문을 열고 들어오기나 했나? 기억이 전혀 나지 않아. 누군가 나를 열어줘. 꽃 피듯 나도 피고 싶어. 겨울을 난 저 눈부신 목련꽃처럼. 저 목련꽃처럼?

서해에서

붉은 해가 집으로 돌아가면 어둠도 환해지겠지. 그리움도 잊혀지겠지.

산

    바다로 달려가다 멈춰선 것은 숨이 턱까지 차올라서가 아니다. 아니, 너에 대한 내 사랑이 식어서도 아니다. 네가 바라다 보이는 이곳에 멈춰 설 수 있었던 것은 너에게 달려가지 않는 것이 너에게 더 가까이 가는 길임을 이제야 알았기 때문이다

사람의 길

　붉은 꽃에도 슬픔이 있다. 돌멩이에도 숨겨진 아픔이 있다. 불어오는 바람에선 비릿한 냄새가 났다. 어둠은 어둠을 낳고, 고통은 고통을 낳고, 기다림은 또 다른 기다림을 낳는다. 아무것도 보이지 않는 어둠 저 너머, 어둠도 이제 어둠이 아니다. 슬픔도 이제 막막한 슬픔이 아니다. 아픔도 이제 환한 아픔이다. 어둠이 깊어야 별빛이 또렷해지듯 나를 지워야 네가 보인다. 내가 네가 되는 길이 사람의 길이다. 화살처럼 날아가 너에게 박혀 부르르 떠는 아픔만이 푸른 하늘을 눈부시게 한다.

너는 어찌 생각하니

참말로 생은 다시 살아도 슬픈 기라. 니는 모를 기라. 시상 일이라는 게 무 자르듯 딱 잘라지는 게 아닌 기라. 그렇다고 자를 수 없다는 것도 우스운 기지. 시상에 화낸다고 달라지면 그게 여인네 마음이지 시상 마음은 아닌 기라. 내 생전 시상이 내 뜻대로 고분고분해지는 것 한번 보고 죽는 게 소원이지만 이젠 마 다 포기해버렸다 아이가. 시상한테 쓸데없이 고집부려봐야 아무 소용없는 줄 늘그막에서야 마 깨달은 기라. 니도 알겠지만서도 내도 젊었을 때는 시상하고 한번 붙어볼라고 참말 별 지랄을 다 떨었는 기라. 그렇게 젖 먹던 힘까지 다 써봐도 마 시상은 꼼짝도 않는 기라. 하기사 시상이 그렇게 만만하면 시방처럼 굴러가기나 하겠나마는 어쨌든 시상일이라는 게 사람 힘으로 안 된다 그 말씀이여. 너는 어찌 생각하니? 내 그리 오래 살아보지 않았지만서도 인생살이 쓴맛 단맛 그래도 얼추 다 본 기라. 그래도 그놈의 시상 마음속은 참말 어두운 바다 속보다 깊고 푸른 하늘보다 넓어서 측량할 수 없는 기라. 시상이 어쩌니 저쩌니 얘기해봐야 입만 아픈 기라. 다 쓸데없는 기라. 그냥 시상이 시키는 대로 맘 편히 살다 때 되면 훌쩍 떠나면 되는 기라. 시상은 시상대로 굴러가고 나는 나대로 사는 게 제일 배 속 편한 기라. 이제사 시상 원망해봤자 지 가슴만 아프고 말짱 헛일인 기라. 따순 봄날 피었다 지는 꽃맹키 시상에 왔다 꽃맹키 확 져버리면 되는 기라. 하모하모 그렇고말고. 내사 살아보니 시상 뭐 별 거 없는 기라. 뭘 모르는 것들이 별거 있는 것처럼 얘기하지 사실은 별거 아닌 기라. 너는 어찌 생각하니?

감기지 않는 눈, 눈, 눈

어째 저런 일이, 참 운도 지지리 없다, 어쩌다 하필이면 세월호를 탔데, 애들이 참 안 됐네, 할 수 없지, 젊은 애들이 무슨 죄가 있다고, 부모 마음은 얼마나 새까맣게 타들어갔을까, 이젠 잊을 때도 됐잖아, 유가족들 좀 너무 한 것 아냐, 할 만큼 했으면 됐지 뭘 어쩌자구, 애 죽은 것이 무슨 벼슬이나 되나, 이제 지겹다, 시체 장사 한두 번 당해봐, 그만 좀 해라, 애들 죽은 것 같고 왜 정부 탓 하냐구, 수학여행 가다가 교통사고 난 걸 가지고 웬 난리야, 쟤네들 종북 빨갱이 아냐, 누가 죽으라고 했어, 왜 애들 죽은 걸 우리 세금으로 보상하냐구, 저 사람들 보상금 더 받으려구 저러는 것 아냐, 감기지 않는 눈, 눈, 눈.

안식이 목을 조르는 저녁, 너에게 가는 모든 길은 저물었다.

붉디붉은 사랑으로 돌아오라

너희들 그렇게 떠나는구나

시퍼런 물살 어둠의 바다 건너는구나

새초롬한 봄빛 들녘에 놔두고

아련한 뻐꾸기 울음

푸른 하늘에 그냥 그대로 두고

붉은 모란이 뚝뚝 무너져 내리듯

그렇게 손잡고 떠나는구나

애처롭게 내민 손 거두지도 못하고

간절한 그 눈빛 그대로인 채

그렇게 먼 길 떠나는구나

어른들은 너희들에게

타율은 말해도 자율은 가르치지 못했구나

어른들은 너희들에게

복종은 말해도 저항은 가르치지 못했구나

어른들은 너희들에게

도덕은 말해도 실천은 가르치지 못했구나

오직 기다리라고만 할 뿐

내민 손 잡아주지 못했구나

너희들의 아픔, 너희들의 부르짖음, 너희들의 간절함을 외면했구나

한 줄기 희망의 빛 되어주지 못했구나

세상은 안일과 나태에 길들여지고

세상은 편법과 탈법에 눈멀고

세상은 자본과 탐욕에 마음 뺏겼다

아직도

웃음소리 가득한 교실 남겨두고

아직도

따뜻한 밥상 차려놓고 기다리시는 부모님 남겨두고

아직도

눈부신 봄날 푸른 하늘, 싱그러운 바람, 향긋한 꽃내음, 남겨두고

너희들 아득히 먼 길 떠나는구나

이제
너희들의 고통이 우리의 고통이고
너희들의 절망이 우리의 절망이고
너희들의 분노가 우리의 분노이고

너희들의 죽음이 우리의 죽음임을
눈부신 오월 앞에 고백하노니

돌아오라 너희들 더 큰 울음으로 돌아오라
돌아오라 너희들 더 큰 분노로 돌아오라
돌아오라 너희들 더 큰 사랑으로 돌아오라
슬픔을 딛고, 절망을 넘어, 봄날 눈부신 햇살로 돌아오라
붉디붉은 사랑으로 어서 돌아오라

제
3
부

겨울 산 3

나는 가진 게 없어 네가 두렵지 않아

매화꽃

영신이 할머니 해소 기침 소리에 매화꽃 피었습니다. 화들짝 놀라 피었습니다.

꽃을 잊다

꽃을 보니 꽃에 취해 나를 잊고
꽃을 보니 꽃에 취해 꽃을 잊고

나를 잊고 꽃을 잊으니
나도 꽃이요 세상도 꽃이어라

사방 천지 꽃향기 그윽하니
이제 벌 나비 날아오겠구나

날아와 꽃술에 코 박고
허공을 빨아대겠구나

서쪽 하늘 붉게 물드니
주름진 눈가에 눈물 그렁그렁 맺히겠구나
삶도 기우뚱하겠구나

봄이 와

산에 오르는데 누가 부르는 것 같아 둘러보니 어제까지도 메말랐던 나뭇가지에 노란 꽃이 피었습니다. 겨울이 서둘러 떠난 자리에 알에서 깨어난 지 며칠 되지 않은 병아리 솜털 같은 생강나무 꽃이 배시시 웃고 있습니다

풀벌레 소리

장맛비 그친 뒤 산에 드니 풀벌레 소리 요란하다
흰 발목 내보이며 사뿐사뿐 찾아오신 은빛 햇살 고마워
온 산이 들썩들썩 찌르르르 찌르르르
왼종일 신이 나서 쓰르르르 쓰르르르

비

어디서 와서 어디로 가는지 너는 아니. 너의 말간 얼굴을
들여다보며 물었다. 우리 모두는 어디서 와서 어디로 가는
지 모른다. 어디로 가는지 아무도 모르기에 더욱 알고 싶은
길을 너는 나와 함께 가는구나. 지나온 길을 지우며

미나리의 노래

검은 물속에 발 담그고 파란 하늘을 올려다본다
발목을 간질이는 소금쟁이, 물방개, 송사리 다 떠나버린

지나온 기억들 다 잊은 채
고여 있는 시커먼 폐수 꼭 보듬고 산다
몸속으로 번져가는 시퍼런 멍울, 가쁜 숨결
양팔로 꼭 껴안고 산다

하여 실낱같은 그리움 온몸에 스며 밀어 올린다
연초록 여린 새순 밀어 올린다
내 안에 가득 차오르는 설렘
내 안에 출렁이는 그리움

그래 마지막까지 푸른 생명이다

작은 평화

아이들이 졸고 있다. 졸고 있는 아이들 옆으로 다가가 보지만 꼼짝도 하지 않는다. 살포시 내리 감긴 눈꺼풀 그리고 평화로운 긴 속눈썹 부드러운 숨결 깨울 수 없구나. 하느님이 나를 그냥 내 하는 대로 내버려두듯이 구름 한 점 없는 파란 하늘이 나를 그냥 물끄러미 내려다보듯이

떠나는 겨울

겨울을 보내고 싶지 않네. 시린 하늘에 빈 나뭇가지랑 귓불 빨갛게 물들이던 차가운 바람이랑 가난한 연인들의 어깨에 쌓이는 순결한 눈송이까지. 우리 곁에 있는 겨울. 나 영원히 사랑하고 싶네.

노랑나비야 날아라

초등학교 다닐 때 봄이 되면 선생님은 아이들에게 회충약을 나누어 주셨습니다. 카라멜 모양의 산토닌이란 그 약을 갸름한 얼굴에 분 냄새가 나는 여선생님께서 한 아이 한 아이 이름을 부르면서 손바닥에 나누어 주셨습니다. 아침밥 먹지 말고 먹으라던 그 약을 먹으면 나무도 하늘도 노랗게 보였습니다. 정오를 알리던 사이렌 소리도 노오랗게 들렸습니다. 나는 어질어질 한 마리 노랑나비가 되어 장다리꽃 찾아 나풀나풀 날아다녔습니다.

울음

너의 울음소리 너무 커 들리지 않네

겨울이 오네

이제 며칠만 더 지나면 겨울이 오네. 모두가 돌아간 텅 빈 들녘 고즈넉한 휴식을 지나, 고양이 울음 우는 어두운 골목을 지나, 역 광장 벤치에 앉아 하염없이 비둘기들을 바라보는 노인들의 쓸쓸한 눈빛을 지나, 뿌연 연기를 뭉실뭉실 피어 올리는 공단의 지붕을 지나, 미루나무 그림자 길게 드리워진 고향길을 지나, 겨울이 오네. 이제 며칠만 더 지나면 추운 겨울이 오네.

눈 내리는 밤

그러나 홀로라도 좋아라. 소복소복 눈 내리는 밤

환한 사랑

꽃 피고 지는 것도 잊어버렸다
먹고사는 일도 잊어버렸다
나마저도 잊어버렸다
이제 오롯이 너만 남았다

봄 산

　여리디 여린 잎새로 제 몸을 찢고 나온 너의 눈빛이 순하
다는 걸 그래서 봄 산이 어머니 품처럼 포근하고 따뜻하다
는 걸 덩달아 내 맘 한 켠도 밝아오고 있다는 걸

잃어버린 내일

하늘은 별들을 쫓아버리고 강물은 푸른 소리를 잃어버렸다. 숲에는 바람도 머물지 못하고 금빛 햇살은 녹슬어 첨탑 끝에서 흩어져버렸다. 내일은 더 이상 사람 사는 마을에서 찾아볼 수 없고 조금의 여유도 허락되지 않는 희뿌연 도시에선 누구나 사랑을 얘기했고 아무도 사랑을 나누지 않았다.

싱그러운 아침

　초등학교 1학년 때 자기 몸집만 한 가방을 둘러메고 종종걸음으로 학교 가는 길 고사리 손에 들려진 푸른 비닐우산 위로 통통거리며 내리는 저 투명한 빗방울처럼 싱그러운 아침이 열리고 있습니다.

늦가을

가을이 심심했나?
오늘 아침엔 겨울을 데리고 왔다.

제4부

겨울 산 4

도대체

너는 나에게 무엇이고

나는 너에게 무엇이냐

겨울 아침 너를 바라보며 물었다.

그대 뒷모습

눈 감고 돌아보면 슬픈 나날들 저편으로
언제 올지 모르는 더 큰 슬픔 나 기다리리니
먼저 가라, 그대 연꽃 같은 슬픔 딛고 멀리 가라
언뜻언뜻 부르는 소리 어디선가 들릴지라도
뒤돌아보지 말고 어서어서 강 건너라
물안개 되어 건너라 강물소리 되어 건너라
멀어져가는 그대 뒷모습 보이지 않아 더욱 아름다워라

운무사

국사봉 오르는 산자락 손님 없어 한가로운 운무사
오늘은 모처럼 손님 들었나 낯선 자가용 몇 대

부엌에선 음식 장만하느라 도마질 소리 요란하고
전이라도 부치는지 고소한 기름 냄새 울타리를 타고 넘
는데

쨍쨍거리는 징 소리는 대밭에서 푸르러지고
절하는 중년 부인의 이마엔 소록소록 땀방울 돋아나는데

마당 한가운데 늙은 느티나무는 우쭐우쭐
봄볕에 하품만 하네. 남 속도 모르고 하품만 하네.

토마토

어제 보았던 파란 토마토 오늘은 빨갛게 익었을까 궁금해 이슬 함뿍 내린 이른 아침. 눈 비비며 찾아간 토마토 밭엔 새순 냄새 어지럽게 코를 찌르고 어제는 볼 수 없던 붉은 얼굴들 함초롬히 이슬로 세수를 하네. 밤사이에 누가 왔다 갔는지 아무도 모르네.

황성옛터

    어머니 세상 뜨신 지 벌써 오 년이 지났다. 일찍이 믿는 가정에서 태어나 평생 찬송가를 입에 달고 사셨지만 간혹 어릴 적에 들었다는 독립군가도 부르시고 언제 배웠는지 기억도 가물가물한 클레멘타인이나 옛날에 금잔디 동산에로 시작되는 메기의 추억도 곧잘 부르시더니 돌아가시기 몇 해 전에는 쪼글쪼글해진 입술로 처녀 시절에 불렀다는 황성옛터도 흥얼거리셨다.

자두나무

 지난해 마련한 집터에 자두나무 한 그루 봄볕에 순한 연분홍 꽃잎을 마구 토해내더니 가지가 찢어질 만큼 자두가 열렸다. 그러나 그것도 잠시뿐. 나무는 자신을 흔들어 많은 열매를 땅바닥에 내려놓았다. 우리 엄니 얼굴 같은, 그래 그래 돌아가신 우리 엄니 얼굴 같은.

겨울 산 5

나는 더 이상 할 말이 없다
너의 가슴으로 내 입을 막아다오

오월, 모란

너를 그리워하니 모란은 지고
너를 잊으니 천지간 모란은 피고

개망초꽃

다들 어디로 떠났나. 시커먼 아궁이는 벌린 입을 다물지 못하고 무너진 굴뚝은 뜨거웠던 시절을 추억하며 돌아앉는데 다들 어디로 가 돌아오지 않는가 바람은 담장 밑에서 두런거리고 텅 빈 마당엔 개망초꽃 달빛으로 흔들리는데

봄날 아침

논산대교 둑 한 줄로 늘어선 버드나무 가지에 연둣빛 봄
물 들었다

아침마다 교복 다려 입고 거울 보던 그 시절 설레던 마음
처럼

봄바람에 휘날리는 버드나무 아래로 출근길 승용차들이
빠른 속도로 내달린다

동태

오일장 보러 갔던 아버지 손에 들리어 흔들거리며 따라와 얼어붙은 몸은 물론이고 차가워진 맘까지도 얼큰하게 풀어 주던 동태. 한때는 너무 많이 잡혀 거저 준다 해도 쳐다보지 않던 천덕꾸러기 신세였던 명태가 요 몇 년 새 동해안에선 눈 씻고 찾아보아도 찾기 힘들다는 동태가 오늘 저녁 밥상에서 맑은 눈을 뜨고 나를 쳐다보고 있네.

붉은 혓바닥

혓바닥을 널름거리며 붉은 노을이 하늘 저편을 물들이고
있다
나의 서러움은 어디에 있을까
지금 세상은 온통 핏빛이다

겨울 산 6

슬퍼서 언제나 꼭 끌어안고 싶은 겨울 산

나 그때로 돌아가고 싶어라

　잠에서 깨어나기가 무섭게 베갯머리에 고개를 묻고 기도를 드리시던 어머니 가냘픈 어깨 너머로 뿌여니 밝아오는 겨울 아침 나 그때로 돌아가고 싶어라

　아궁이 앞에 앉아 곱은 손 녹이며 일렁이는 불길 따라 어디론가 떠나고 싶던 겨울 아침 나 그 때로 돌아가고 싶어라

수염

아내는 나보고 수염을 깎으라 한다. 보름 정도 길러서 이제야 덥수룩해진 수염을 지저분하다고 깎으라 한다. 옆에 있던 딸년도 수염 기르면 없어 보인다며 인상을 쓴다. 수염을 깎아도 나고 수염을 길러도 난데 아내와 딸아이는 수염 깎아 맹숭맹숭한 나만 남편이고 아빠라 믿는 모양이다.

빗방울 속 나

빗방울 속 나 구르고 뒹굴고 흩어지고 뭉치고 뛰어내리고
뛰어오르고 그러다 자취도 없이 사라져버리는

겨울바람

온몸이 멍들도록 달려온 바람이 혀를 빼물고 나무와 사랑에 빠진다. 어절씨구 좋아라 지나던 그믐달도 그들의 사랑을 엿보다 그만 길을 잃었다. 별들도 우수수 쏟아져 내려 서릿발처럼 반짝거리고 밤새 뒤척이던 들녘엔 까마귀 울음소리 자욱하다.

너

너는 어디에 있는가

흰 그늘로 남고 싶은데
아니면 사무치는 적막으로 남고 싶은데

굵고 짧은 선으로 그린 참 아름다운 풍경

호병탁 • 문학평론가

1

글 제목 그대로 황재학이 그린 '굵고 짧은 선'의 그림이 과연 얼마나 '아름다운 풍경'인지 한번 들여다보자.

> 뚝방에 매어놓은 염소를 이끌고 집으로 돌아오는 길
> 어린 염소는 붉게 타오르며 쫓아오는 저녁놀이 무서워
> 가던 걸음 멈추고 동그랗고 윤기 나는 검은 똥을 무더기로 싸
> 지른다.
>
> —「저녁놀」전문

저녁놀 비낀 뚝방에 염소가 보이는 한 폭의 그림이다. 그런데 실제 자연 풍경이 갖는 아름다움과 예술가의 그림에 나타나는 아름다움 사이에는 어떤 본질적인 차이가 있는가. 풍경을 그리는 화가는 그 외관만을 묘사하는 게 아니라 그것에 대해 '무엇'인가를 우리에게 말하려 한다. 물론 그것은 함께 나누고자 하는 정서나 감정일 수도 있지만 가장 중요한 것은 그만이 발견하고 전달하고자 하는 독창적인 그 '무엇'이다. 그렇다면 시인이 발견한 그 '무엇'은 과연 무엇인가.

풍경을 배경으로 새끼 염소가 화자를 따라 집으로 돌아오고 있다. 한 인간과 작은 짐승의 등장은 강둑의 풍경을 더욱 서정적으로 만들고 있다. 그런데, 그런데 말이다. 별안간 화가의 붓은 염소가 "가던 걸음 멈추고" "똥을 무더기로 싸"지르는 모습을 화폭에 담아버린다. 강둑길에는 반짝이는 금빛 물결이, 또한 강바람에 흔들리고 있는 갈대와 들꽃들도 있었을 것이다. 이러한 것들은 모두 옆으로 제쳐놓고 그는 핵심으로 뛰어든다. 지금까지의 서정적 풍경에 역행하는 것 같은 의외의 표현 대상이다. 다시 말하자면 염소 새끼가 똥 누는 모습은 '표현 대상'의 독창적 발견이라 할 수 있고 그가 보여주고자 하는 바로 그 '무엇'이다.

그가 그리는 그림의 선은 명확하고 예리하다. 똥은 "동그랗고 윤기 나는 검은"색이다. 이는 정확한 사실이다. 염소는 반질반질하고 작고 귀여운 검정 콩알 같은 똥을 싼다. 그것도 찔끔찔끔 싸는 게 아니라 "무더기로" 싸진다. 그는 저녁놀이 "붉게 타오르며 쫓아"온다고 말한다. "쫓아오는"이란 기막힌 붓질은 강둑 위 붉은 하늘을 더욱 선연히 물들게 하고 있다. 역시 강하고 명확한 선이 아닐 수 없다. 만약 반대로 빈약하고 희미한 선의 그림이었다 하자. 이 경우 표현 대상 역시 뚜렷하지 못해 능동적으로 우리에게 말할 그 '무엇'이 결여되었거나 없다는 것이나 마찬가지다.

이날 염소는 강둑에서 실컷 풀을 뜯었을 것이다. 식욕은 본능 중의 본능이다. 먹지 못하면 죽는다. 저물도록 마음껏 배를 불린 염소가 다음에 할 일은 무엇인가. 싸는 일이다. '먹고 싼다'는 말은 웃고 넘기기 쉽지만 이것은 사람이나 짐승이나 살기 위해 가장 근본적이고 중요한 일이다. 이 말에는 '삶의 엄숙한 당위'가 담겨 있다. 가던 길 멈추고 똥 싸고 있는 새끼 염소의 모습은 서정적 풍경을 넘어서는 또 다른 아름다움을 만들고 있다.

「저녁놀」은 세 행의 짧은 시다. 대개 황재학 시는 짧다. 여러

말 늘어놓을 겨를이 없어 그런지 그의 시는 단박에 핵심을 향해 치고 들어가는 단순함과 직정적인 데가 있다. 이것이 사람 놀라게 하는 효과를 거둔다. 역시 '굵고 짧은 선으로 그린 아름다운 풍경'이다. 그동안 그가 실제로 체험한 예술 본질에 대한 뛰어난 통찰이 이런 문학 표현을 하게 만드는 모양이다.

2

풍경화 한 폭 더 보자.

　봄비 내리는 저녁 무렵 연산사거리 신호등 아래

　챙이 넓은 밀짚모자를 쓰고 좁은 어깨에 헐렁한 바랑을 멘

　귓불이 뽀얗고 도톰한 앳된 얼굴의 여승이 파란불이 켜지기를 기다리고 있습니다

　건너편 산자락은 뿌연 비구름 속으로 몸을 숨기고 내리는 빗방울은 점점 굵어지는데

　길가 개나리꽃은 아무 영문도 모른 채 노랗게 노랗게 피었습니다

　　　　　　　　　　　　　—「개나리꽃이 피었습니다」 전문

인용한 시도 5행만으로 구성된 짧은 작품이다. 저녁나절 한

젊은 여승이 사거리에서 파란 신호등이 켜지기를 기다리고 있고 길가의 개나리꽃은 노랗게 피어 있다는 것이 작품 전체의 서사다. 싱거울 정도다. 그런데 말 그대로 한 폭의 '풍경'이다. 비구름 낀 '회색' 하늘과 길가의 '노란색' 개나리꽃의 색상 대비가 뚜렷한 수채화다.

이 풍경에 애티 가시지 않은 얼굴의 여승이 서 있다. 남녀노소 빈부귀천 없이 누구나 신호등은 파란색으로 바뀌어야 길을 건넌다. 그런데 하고많은 사람 중에 웬 어린 여승인가. 그것도 어쩌다 "연산사거리"에, 그것도 하필이면 "봄비 내리는 저녁나절"에.

황재학은 머뭇적거리지 않고 바로 그 여승을 그리기 시작한다. "귓불이 뽀얀하고 도톰한 앳된 얼굴"은 아직 어른이 안 된 '어린' 사람임을 강조하기 위한 수식일 터이다. 여승은 "챙이 넓은 밀짚모자를 쓰고" 있다. 햇볕도 가리고, 웬만한 비에는 임시변통도 되겠지만 대개 시골 농부들이 일할 때나 쓰는 값싼 모자다. 그녀는 "좁은 어깨에 헐렁한 바랑을" 메고 있다. 이제 한창 멋 낼 나이의 아가씨가 바랑까지 메고 서 있는 모습이 안쓰럽다. "헐렁한 바랑"이라고 하는 것이 여행길이었더라도 그 속 물건은 변변찮은 것이 될 것이고 탁발을 다녀오는 길이라도 그 결과는 오죽잖은 것이었을 터이다. 그걸 멘 '좁은 어깨'가 연민의 마음을 더욱 자극한다.

무슨 기막힌 사연이 있기에 어린 나이에 출가하여 그런 모습으로 연산사거리에 서 있단 말인가. '연산사거리'에 주목하게 된다. 연산은 황산벌이 위치했던 곳으로 백제 멸망의 아픔이 서려 있는 곳이다. 옛날에는 군郡이었으나 지금은 오히려 줄어들어 면面이 된 작은 소읍이다. 연산이란 지명이 쓸쓸한 서정을 배가시킨다. 게다가 건넛산은 "비구름 속으로 몸을 숨기고" "빗방울은 점점 굵어"지고 있다. 화면 전체에 짙은 페이소스가 깔린다.

그런데 시인은 마지막 행에서 느닷없이 '노란색'을 화면 구석에 마구 칠해대고 있다. 시인은 "길가"에 개나리꽃이 "노랗게 노랗게" 피었다고 그 밝은 색상에 강세를 준다. '회색' 바탕 위 '노랑'이 뚜렷하게 대비되며 드러난다. 노란색은 바깥쪽으로 팽창하는 운동감을 주는 색채다. 갑자기 화면은 역동적인 긴장감을 띤다. 작품은 꿈틀 일어선다.

여기서 이 개나리가 "아무 영문도 모른 채" 피었다는 점에 주목하게 된다. 계백과 그의 결사대가 슬픈 비극을 맞이한 황산벌 사거리에 앳된 여승이 서 있다. 여승에게는 틀림없이 일찍 불문에 든 애절한 사연이 있을 것이다. 이 정경에는 역사와 한 인간의 비극적 운명 한 자락이 짙게 깔려 있다. 그러나 개나리가 무엇을 알랴. "아무 영문도 모른 채" 자연의 섭리대로 봄이 되면 무심하게 꽃을 피울 뿐이다.

시인은 가타부타 별말이 없다. 그 또한 '무심하게' 보이는 풍경을 보이는 대로 사생하고 있는 것 같다. 그러나 시인은 시적 정황을 온전히 그려내기 위해 모든 감각을 개방하여 대상에 시선을 모으고 있다. 때는 '봄'이고 '저녁나절'이다. 장소는 '연산사거리'고 비가 내리고 있다. 주인공인 여승은 '밀짚' 쓰고 '바랑' 메고 있다. 집중된 그의 감각은 그 밀짚이 '챙이 넓고' 바랑이 '헐렁한' 것을 놓치지 않는다. 감각들은 이미지를 만들어 내고 그것들이 모여 하나의 포에지가 된다. 이는 어떤 도덕적·윤리적 이유나 현실적 목적과도 관계없이 자연스런 쾌감을 창출하고 이는 '직접적'으로 독자에게 전달된다. 그 과정에서 우리는 절로 사랑과 연민의 마음을 갖게 되고 이것이 우리의 가슴을 때리는 것이다. 역시 '참 아름다운 풍경'이다.

3

깔끔한 풍경화 둘을 보았다. 이 풍경화들은 황재학 시 세계를 이해하는 중요한 단초가 된다.

새들은 텅 빈 하늘에 찌꿍 찌찌꿍 찌꿍 찌찌꿍 소리의 사원을 짓는다
새들은 텅 빈 하늘에 찌찌꿍 찌꿍 찌찌꿍 찌꿍 소리의 사원을

허문다

　아무 일 없었다는 듯이 아무 일 없었다는 듯이 하늘은 푸르기
만 하다

―「새소리」 전문

역시 짧다. 각 연이 길이가 정확하게 같다. 그리고 앞 두 연
의 문장은 '짓는다'와 '허문다'라는 단 하나의 동사 변화가 있
을 뿐 글자 한 자 틀리지 않는 완벽한 반복과 병치로 이루어져
있다. 마지막 연도 한 문장 속에서 "아무 일 없었다는 듯이"라
는 수식구가 정확하게 반복되고 있다. 입이 딱 벌어지게 하는
놀라운 시적 구성이 아닐 수 없다. 이런 반복과 병치의 구성은
글에 리듬을 실어줄 뿐 아니라 화자의 정서를 한층 효과적으
로 강조하는 역할을 한다. 더 중요한 것은 독자들에게 강력한
심미적인 즐거움을 유발시킨다는 점이다.

　그러나 이 짧은 시에서 반복된 문장을 제외하면 무엇이 남는
가. 새들은 하늘에 소리의 사원을 짓고 허문다. 그런데 하늘은
푸르기만 하다. 이것이 작품 내용의 전부다. 새가 우는 것은
특별한 일도 아니다. 안 우는 게 오히려 이상하다. 당연히 그
날 날씨대로 하늘은 푸를 뿐이다. 그렇다면 이 시는 아무런 내
용도 없는 셈이다. 새는 울고 하늘은 푸르다. 그래서 어떻단
말인가.

새들이 소리의 사원을 '짓고' 또 '허물고' 있음을 주시할 필요가 있다. 누가 시켜서 하는 일이 아니다. '짓기'도 '허물기'도 제 마음대로다. 서로 대척점에 위치한 두 어휘는 새들의 '무한한 자유'를 여실히 드러내고 있다. 누구도 무어라 하지 않고 시비도 간섭도 없다. 하늘은 푸른 얼굴로 이들을 지켜보고 있다. 여기엔 '절대적 평화'가 있을 뿐이다.

하늘을 나는 새들은 죄진 일 없고 잘못한 일도 없다. 아니 죄질 일, 잘못할 일 자체가 없다. 따라서 눈치 볼 일도 부끄러울 일도 없다. 그저 신의 뜻대로 살아왔고 또한 그렇게 살 뿐이기 때문이다.

새들은 그야말로 "하느님이 나를 그냥 내 하는 대로 내버려 두듯" 하는 자유, "파란 하늘이 나를 그냥 물끄러미 내려다보듯"(「작은 평화」) 하는 평화 속에서 저희들 맘껏 노래하고 있다. 이들을 보며 우리는 흠칫 놀라 자신들을 돌아보게 된다. 지지고 볶는 인간사 일일이 얘기해서 무엇 하랴. '공중을 나는 새를 보라'는 성서의 말씀이 문득 떠오른다.

시인은 확실히 새들이 만끽하는 '자유와 평화'에 대해 노래하고 있다. 그런데 눈을 씻고 찾아봐도 위 시에는 그런 말은 물론 그와 유사한 어휘 하나도 없다. '똥 누는 염소 새끼'는 황재학이 발견한 특별한 표현 대상이자 사유 대상이다. 그러나 그는 식욕과 배설이라는 삶의 '엄숙한 본능과 욕망'에 대해서는 한마디 말이 없다. '어린 여승'도 마찬가지다. 그녀의 모습을 보이는 대로 사생할 뿐이지 '덧없는 운명' 같은 소리는 뻥끗도 하지 않는다. 위 시에서도 제멋대로 지저귀는 새들은 볼 수 있어도 '자유, 평화'라는 말은 볼 수 없다. 여기에 황재학 글쓰기의 특성이 있다. 즉 의식에 나타난 대상을 묘사할 뿐 '의식의 내용 자체'를 발화하지 않는다는 점이다. 다시 말하자면 관념적이고 추상적인 발화는 철저히 배제하는 것이다. 그가 그리는 대상들은 앞에서 본 바와 같이 확실하고 구체적인 것들이다. 나는 이런 시인의 글쓰기 방법에 박수를 친다. 문학은 구체적 사실에 무관심하고 개념에 지나치게 집착하는 철학과는 근본이 다르다. 허약한 토대 위에 꼭대기만 무거운 지적인 글은 불안정하다. 아니 골치만 아프다.

4

글로 쓰인 모든 것은 전달하고자 하는 내용이 있고, 지금까지 비평가는 주로 그 '내용'이 되는 '작품의 의미'를 밝히는 작업에 힘써왔다. 그러나 '하나의 작품'에 '하나의 절대적 의미'는 없다. 같은 작품도 첫 번째와 두 번째 읽을 때 다르고, 어렸을 때와 어른이 되어 읽을 때도 의미가 달라질 수 있다. 문학작품에서 하나의 정답과 같은 의미를 찾아내려 하는 것은 오히려 그 작품에 대해 부당한 행위를 하는 것이나 마찬가지다.

물론 나도 앞 작품들에서 하나의 올바른 의미를 찾아냈다고 볼 수는 없다. 나 이외의 다른 독자는 얼마든지 이 작품을 달리 해석할 여지도 있기 때문이다. 또한 내 해석이 작가의 본래 의도에서 빗나갔을지도 모른다. 그러나 작가 자신도 미처 생각하지 않았던 어떤 의미가 텍스트에 담겨 있을 경우 이것은 어떻게 수용된단 말인가. 독자가 구체화하지 않는다면 영영 사라질 수밖에 없는 것이 아닌가.

　　털어보면 안다 그들의 집이 얼마나 조그맣고 작은지
　　털어보면 안다 그들의 꿈이 얼마나 단단히 여물었는지
　　털어보면 안다 그들의 정신이 얼마나 고독하고 자유로운지

　　　　　　　　　　　　　　　　　　　　　　　　　　　—「콩」 전문

내 방식대로 한번 콩을 "털어"보겠다.

어느 가을날 한 남자아이가 고무줄총에 콩알을 걸어 하늘로 쏘아 올렸다. 이 콩은 어디로 날아가도 좋지만 자기도 세상에 뭔가 유용한 역할을 할 수만 있다면 좋겠다고 생각했다. 콩은 어느 작은집 창 가장자리 틈에 고여 있는 부드러운 흙 위에 떨어졌다. 그 집에는 가난한 엄마와 어린 딸이 살고 있었는데 엄마가 매일 밖에 나가 일해서 겨우 생활하고 있었다. 아이

는 얼마 전부터 병이 나 하루 종일 가만히 누워 지내고 있었다. 상태는 점점 나빠졌고 옆에서 간병도 못 해주는 엄마는 이대로 아이가 죽으면 어쩌나, 매일 걱정하고 슬퍼했다.

봄이 되었다. 누워 있던 아이가 문득 창 쪽을 보더니 "엄마, 저게 뭐야?" 물었다. 창 앞에 다가선 엄마는 "어마! 귀여운 콩 싹이네. 잘 보렴" 하며 아이의 침대를 창 쪽으로 옮겨주었다. "와! 귀여워라." 아이는 눈을 반짝이며 그 작은 녹색의 싹을 바라보았다.

뜬금없이 동화 같은 얘기로 글을 시작했다. 그러나 이 얘기는 위 작품을 또 다른 방법으로 해석하고 있음에 다름 아니다. 콩깍지 속에서 콩알들은 아주 정연하고 얌전하게 자란다. 이 사랑스러운 것들은 "그들의 집이 얼마나 조그맣고 작은지"도 모르고 어릴 때는 푸른 콩깍지 안에서 온 세상이 푸른 줄만 알고, 익었을 땐 누른 깍지 안에서 온 세상이 누른색인 줄만 안다. 그리고 그 작은 집 안에서 세상 밖을 꿈꾼다.

그들이 콩깍지 밖에서 할 일은 많다. 밥에도 들어가고, 떡에도 들어간다. 콩나물, 두부, 두유, 콩기름, 콩국수, 된장의 기본 재료가 된다. 그런 많은 일을 하기 위해 "그들의 꿈이 얼마나 단단히 여물"어가고 있었는지 우리는 잘 안다. 어쩌다 가난한 집 창가에 떨어진 이 작은 콩은 두부도 콩나물도 될 수 없지만 그래도 뭔가 한몫해내야 한다는 '야무진 꿈'을 가지고 있었다. 콩은 그곳에서 혼자 추운 겨울을 견뎠다. 동료 하나 없는 창가에서 얼마나 '고독'했을 것인가. 그러나 혼자라는 것은 '자유'를 의미하기도 한다. 철저히 "고독하고 자유로운" 정신으로 눈보라 속의 겨울을 보낸 것이다.

내친 김에 얘기를 끝내자. 싹은 하루하루 잘 자랐다. 그걸 보는 아이는 혼자 누워 있어도 쓸쓸하지 않았고 하루하루 상태가 좋아졌다. 엄마는 콩이 바람에 넘어지지 않도록 나뭇가지를 세워주고 넝쿨이 오를 수 있도록 창에 실도 매어주었다. 콩잎의 수가 늘어났다. 어느 날 아침, 아이는 팔짝팔짝 뛰며 "엄마, 엄마, 이리 와봐!" 외쳤다. 마침내 예쁜 꽃잎을 활짝 벌리고 있었다. 콩 한 알의 "고독하고 자유로운" 정신은 소중한 아이의 생명을 지켰다. "조그맣고 작은" 집에서 "단단히 여물었"던 꿈은 이루어진 것이다.

위 작품 역시 앞의 「새소리」에서 보는 것처럼 완벽한 반복·병치 구조로 이루어져 있다. 즉 '~하면 ~안다, ~이 ~한지'라는 문장 자체가 각 행의 같은 위치에서 정확하게 반복되고 있다. 그러나 이런 놀라운 심미적 구조도 결국 시인에 의해 시적 대상의 '언어적 형상화' 과정에서 나타난 문학적 장치라고 할 수 있다. 어떤 비평가는 비유, 상징, 아이러니, 역설 등을 포함한 문학 특유의 여러 장치에 시선을 집중한다. 그는 작품을 작가나 독자, 그것이 쓰인 역사적 시대로부터 독립되어 자체적으로 존재하는 예술적 객관물로 간주한다. 작품은 각 부분이 서로 조화하고 연관되어 유기적 전체를 이루며 하나의 객관적 의미를 형성하게 된다는 인식이다. 그러나 그 역시 여러 '독자들 중 하나'라는 사실을 유념할 필요가 있다. 다른 비평가, 즉 다른 독자는 그가 배제한 작가, 독자, 역사 등에 시선을 모을 수도 있다. 또한 심리학, 언어학, 철학 등 다른 독자들도 비평적 권위를 나눌 수 있는 것이다. 실제로 '문학 텍스트'라는 것은 독자에 의해 읽혀질 때까지는 존재하지 않는 것과 마찬가지다. 자신이 유일한 독자인 서랍 속의 일기가 작품이 될 수 있는가. 숲의 나무가 넘어졌는데 아무도 그 소리를 듣지 못한다면 과연 그 나무는 소리를 낸 것인가.

텍스트는 작가에 의해 '언어적 형상화'가 이루어진 것으로 텍스트의 문장들은 독서를 통해 독자의 '상상력'을 작동시킨다. 인쇄된 검정 글자들은 이 과정에서 독자의 의식 속에서 의미 구성을 시작한다. 텍스트는 '구체화'되는 것이다. 물론 앞서 말한 것처럼 독자는 얼마든지 다를 수 있다. 나는 여러 '독자들 중 하나'로 나름대로의 서사를 만들어 위 작품을 해석했다. 내 방식대로 콩을 털어본 것이다.

5

먼바다에서 태풍이 올라온다고 한다.

읽던 책 덮어라.

눈 감고 귀 열어라. 그리고 그 입 닥쳐라.

　　　　　　　　　　　　　　　　　　—「태풍」 전문

　태풍이 올라오니 '책 덮고', '눈 감고', '귀 열고', '입 닥쳐라'는 강력한 명령조의 주문이다. 또한 이 짧고 거친 발화가 작품 내용의 모든 것이기도 하다.

　이 시집이 묶여지기 전, 위 작품을 어느 문예지에서 읽고 평을 한 바 있다. 그때 나는 '입 닥치라는 소리와 함께 들이닥친 검에 어딘가 쓱 베이는 느낌'이 든다고 말했다. 나는 그 이유를 논리적이고 구체적으로 설명하지 못했다. 달랑 3행짜리 짧은 시에서 그런 이유를 찾고 자시고 할 것도 없었다. 그러나 '쓱 베인 느낌'이 드는 건 지금도 여전히 마찬가지다. 왜 그런가. 차제에 다시 생각해보기로 한다.

　첫 행은 '온다'라는 단언적 발화도 아니고 '온다고 한다'라는 누구에게 들은 말을 다시 전달하는 어법으로 화자는 아무 책임질 일도 없는 일상의 평범한 발화다. 독자도 아무런 의미를 파악하지 못한 채 다음 둘째 행으로 눈길을 돌린다. 느닷

없이 읽던 책 덮으라는 주문을 듣는다. 순간 호흡이 약간 빨라진다. 태풍이 오면 책도 못 읽나 의아해하며 왜 그러는지 다음 행으로 시선을 준다. 그런데 그 이유를 말하기는커녕 화자는 강세를 더하며 눈 감고 귀 열고 입 닥치라고 강력한 명령을, 그것도 연속적으로 내린다. 호흡은 절로 가빠진다. 바로 이때 "입 닥쳐라"라는 마지막 일갈에 '쓱 베이는 느낌'을 받는다. 얼떨떨하다. 그런데 무얼 생각할 겨를도 없이 시인은 시의 매듭을 묶어버린다. 그는 우리에게 알아서들 읽으라는 것처럼 시치미 뚝 떼고 시 밖으로 나가버리고 만 것이다.

많은 함축적 언어로 직조되는 문학, 특히 시는 어떤 비평가에게도 정독을 요구하게 마련이다. 이제 우리는 작품을 차분하고 냉정하게 다시 읽기 시작한다. 첫 행은 싱거울 정도로 평범한 발화다. 그러나 이어지는 격한 발화들은 모두 이 무미건조한 첫 번째 진술을 전제로 한다. 그만큼 중요한 부분이다. 둘째 행은 태풍이 오니 '읽던 책을 덮고' 밖에 나가 지붕이 날아가거나 혹은 축대가 무너지지 않도록 미리 살펴보고 대비하라는 뜻으로 읽을 수 있다. 말이 된다. 그러나 다음 행이 문제다. 눈 감고 귀 열고 입 닫으라는 셋째 행은 첫 행과도 아무런 관련이 없을 뿐 아니라 문장을 이루고 있는 각각 행위의 명령형 동사들도 서로 필연적 관련이 전혀 없다. 다 열라는 것도 닫으라는 것도 아니다. 왜 눈은 감는데 귀는 열어야 하고 왜 귀는 여는데 입은 닫아야 하는가.

첫 행 첫말이 '먼바다'다, 작품의 문을 여는 이 어휘는 시 전체에 영향을 미칠 것이라는 강한 암시를 준다. 태풍은 아직 육지에 상륙하지 못한 것은 물론 가까운 내해에도 이르지 못했다. '먼바다'에서 올라오고 있는 중이다. '태풍 전의 고요'인가. 화자가 발화하고 있는 곳은 여전히 '조용할' 뿐이다. 읽던 책을 덮고 '눈을 감으라는 것'은 자연의 위대한 힘, 즉 태풍이 오기 전에 그것에 대해 '조용히' 생각할 기회를 가져보라는 말이 될 것이다. 그리고 '귀를 열라는 것'은 올라오고 있는 태풍의 비바람 소리에 '조용히' 귀 기울여보라는 말이 될 것이다. 이와 같은 '조용한' 사유에 무얼 떠들어댈 일이 있을 것인가. '입 다무는 것'은 당연한 일이다. 단 하나의 어휘 '먼바다'는 이처럼 자연스럽게 해석의 물꼬를 트는 결정적인 역할을 수행하고 있다.

일단 물꼬가 열리자 다른 실마리들도 풀리기 시작한다. 책은 눈으로 읽지만 비바람 소리는 귀로 듣는다. 따라서 읽던 글을 멈추려면 눈은 감고, 빗소리를 들으려면 귀는 열어야 한다. '읽던 책'은 또 다른 중요한 해석의 요소를 제공한다. 수천만의 독자 중 기상학 전문 서적을 독서하는 사람이 과연 몇이나 될 것인가. 혹 그와 관련된 책을 읽고 있더라도 태풍의 발생과 진로, 강우와 풍속 등 일반적인 지식을 넘어서는 책을 읽고 있는 사람은 또 얼마나 될 것인가. 실제로 우리의 경험과 지식이라는 것은 통상 '읽던 책'을 통해 상식화되고 규격화된다. 현실인식도 습관화되고 자동화되는 상투성에 빠지기 쉽다.

지구의 7할 이상이 물로 덮여 있다. 그러나 대부분이 마실 수도, 농사에 쓸 수도 없는 바닷물이다. 우리가 직접 쓸 수 있는 민물은 지구의 물 중 3%에 지나지 않는다. 그나마 그 대부분은 남북극 대륙과 높은 산에 빙하와 빙산의 형태로 존재한다. 나머지 물도 지하나 대기층에 있다. 그렇다면 인간이 막상 쓸 수 있는 물은 아주 소량이다. 이 값진 물도 끊임없이 강을 따라 바다로 흘러들고 지하수로 스며들고 공중으로 증발한다.

태풍은 이런 금쪽같은 민물을 대량 공급한다. 일거에 극심한 가뭄을 해갈시키고 물고기 다 죽이는 녹조도 없애버린다. 논밭은 갈아엎어야 농사를 질 수 있다. 바다도 마찬가지로 뒤집어 줘야 한다. 퇴적되었던 유기물질이 떠오르고 바다 밑까지 산소가 공급된다. 수많은 생명들이 활기를 찾고 해양 생태계가 건강을 유지한다. 이런 엄청난 일을 누가 할 수 있겠는가. 태풍이다. 지구는 스스로 온도를 조절하기 위해—인간이 살 수 있는 환경을 만들기 위해—에너지를 배분한다. 누가 무슨 힘으로 물과 대기를 북반부까지 퍼 나를 수 있겠는가. 태풍이다. 이제 '읽던 책'이 무얼 의미하는지 가깝게 다가온다. 그러하니 책은 덮고, 떠들지 말고, 눈 감고 생각해보라는 말이다.

그런데 떠들지 마라는 의미의 '입 다물어라'와 '입 닥쳐라'는 어감이 매우 다르다. 후자에는 발화하는 사람의 분노와 불만이 묻어 있다. 통상 태풍하면 우리는 먼저 그 '피해'를 운운하게 마련이다. 그러나 태풍은 우리 생명에 다름없는 민물을 단박에 대량 공급해준다. 바다를 뒤집어 수많은 생명을 살린다. 나일강의 범람이 없었다면 이집트 문명은 존재할 수 없었다. 이 위대한 대자연의 힘과 은혜에 감사한다는 말은 들어본 일이 없다. 그 진로가 어쩌고 그에 따라 예상되는 피해가 어쩌고 떠들어대기만 할 뿐이다. '입 닥쳐라'라는 일갈은 자연스럽다. 그리고 이때 '쓱 베이는 느낌'을 받는 것도 자연스럽다.

황재학은 이 작품에서도 자신의 스타일대로 경제적인 언어를 최대한 밀어붙이고 있다. 시인은 자신의 감정을 노출하는 어떤 어휘도 사용하지 않았다. 특별한 문학적 장치도 없다. 그러나 짧고 거친 어투의 마지막 말 한마디에 이 모두를 고스란히 담고 있다. 이것이 바로 그만의 특유한 문학적 장치가 아니고 무엇이랴.

6

황재학 시는 보이는 것을 그대로 사생한 것처럼 짧고 단순하다. 관념도 이념도 눈에 띄지 않는다. 그러나 그렇게 보이는 것뿐이지 실제로는 그렇지가 않다. 그의 그림 위에는 명시적이

지는 않지만 짙고 깊은 사유의 흔적이 어른대고 있다. 그런 사유가 잘 갈무리된 작품이 있다. 시집의 표제작인 「검은 잎사귀의 노래」다. 그 잎사귀가 어떻게 노래를 부르는지 들어보자.

어릴 적 친구들과 숨바꼭질하다
벼 낟가리에 들어가
죽은 새처럼 자다 깬 적이 있다

서쪽 하늘엔 붉은 노을이 타오르고
아이들 뛰어놀던 마당엔 분주한 발자국만 남아 숨을 고르는데
사위는 관 속에 누워 있는 얼굴처럼 낯설고
검은 잎사귀들은 우울한 노래를 오랜 지붕 위로 날려 보낸다

얼마나 더 흘러야 너에게 가 닿을 수 있을까
얼마나 더 기다려야 너의 아픔을 만날 수 있을까

나를 떠난 내가 나를 찬찬히 내려다보고 있다

　　　　　　　　　　　　　　　　　—「검은 잎사귀의 노래」 전문

첫 연의 문장을 조금도 건들지 않고 행 가름 없이 산문 형식으로 읽어보자. '어릴 적 친구들과 숨바꼭질하다 벼 낟가리에

들어가 죽은 새처럼 자다 깬 적이 있다'. 문장이 주는 따뜻한 정서는 조금도 훼손되지 않고 그대로 전달된다. 시로서도 산문으로서도 전혀 손색이 없는 문장이다. 어법도 정확할 뿐 아니라 내용 자체가 진실성 있고 구체적이기 때문이다. 어린 화자가 하던 놀이는 '숨바꼭질'이었고 숨었던 장소는 '벼 낟가리'였고 그곳에서 잠들고 말았다. 유년 시절의 체험이 완벽하게 재현되고 있다. 혹 자신이 직접 체험한 것이 아니더라도 유사한 일을 공유한 우리는 이 체험이 보편적 사실이었음을 인지하고 똑같은 정감을 느낀다. 문학이 아무리 허구 세계를 그린다고 하지만 경험적 사실과의 불일치가 작품에 나타날 때 우리는 거부감을 느낀다. 그래서 이 작품은 더 큰 친화감과 호소력을 갖기 시작한다.

자다 깨어나보니 저녁나절이다. 친구들은 집으로 돌아가버리고 그들이 "뛰어놀던 마당엔 분주한 발자국만 남아 숨을 고르고" 있다. 한참 숨고 찾고 하던 아이들의 바쁜 발자국 소리가 귀에 들리는 듯 선연하다. '던져진 듯' 혼자 남은 어린 화자는 얼마나 불안한 적막감에 휩싸였을 것인가. 갑자기 사위는 낯설어지고 햇빛에 반짝이던 나뭇잎들은 저녁나절의 "검은 잎사귀"로 바뀌어 "우울한 노래를 오랜 지붕 위로 날려" 보내고 있다. 화자의 심경이 여실하게 들어난다.

세 번째 연은 이 작품에서 가장 중요한 의미를 담지하고 있는 핵심적 부분이다. 두 행은 동일한 통사 구조로 서두는 "얼마나 더"로, 종지는 "~수 있을까"로 동일한 위치에서 반복·병치되고 있다. 시인은 앞에서 본 것처럼 운문 구성의 핵심 요소인 심미적 틀을 짜는 데 매우 능숙하다. 특히 관련 없어 보이는 두 시행이 병치됨으로써 각 행은 일상의 의미와는 다른 새로운 의미로 전환되는데 우리는 이 행들을 서로 결합시켜 읽음으로 시인이 드러내고자 하는 새로운 의미를 찾아내야 한다. "얼마나 더 흘러야 너에게 가 닿을 수 있을까/ 얼마나 더 기다려야 너의 아픔을 만날 수 있을까". 발화자도 정확하지 않은 이 느닷없는 질문에 답하기는커녕 질문 자체에서도 어떤 의미를 읽어내기 힘들다. 시간이 혹은 세월이 얼마나 흘러야 너에게 닿는지, 상황에 대한 어떤 정보도 없는 독자는 답할 길이 없다. 뒤 행도 마찬가지다. 갑자기 '시적 긴장'이 강하게 발생한다.

닿을 수 없기 때문에 시간은 흘러가야 한다. 닿을 수 있다면 '닿으면' 그만이고 더 이상 시간을 흘려보낼 필요가 없다. 마찬가지로 만날 수 없기 때문에 기다린다. 만날 수 있다면 기다릴 필요 없이 '만나면' 된다. 이 발언은 결국 '만나지 못함'을 전제로 기다림이 있다는 말이나 진배없다. 그렇다면 답이 나온다. 시간이 흘러가도 너에게 '닿을 수' 없다. 기다려도 '만날 수' 없다. 궤변 같지만 작품의 이해를 위해 평론가의 작은 두뇌를 짜

낸 결과임을 부언한다.

이 연은 마지막 연, "나를 떠난 내가 나를 찬찬히 내려다보고 있다"에 문맥이 연결되며 의미의 확장을 기한다. "찬찬히"라는 부사어가 눈에 들어온다. 이 부사어는 문장 해석에 결정적역할을 한다. 즉 '평소 무심코 지나치던 나를 나 자신이 거리를 두고 떨어져 모처럼 제대로 지켜보고 있다'는 말이다. 자신에 대한 성찰적 사유를 하고 있는 것이다. 그런데 나는 나를 떠나도 '나'다. 나를 떠나지 않아도 '나'다. 왜? 나는 '나'이기 때문이다. '거울 속의 얼굴'이 상기된다. 거울 속 얼굴을 '찬찬히' 바라본다. 그것은 빛이 어떤 면에 부딪혀 반사되어 돌아온 것이지 실체의 얼굴은 아니다. '나를 떠난 나'다. 나를 바라보는 눈동자는 빛의 흔적일 뿐 '있음'이 아니다. 그 눈동자를 거울 밖에서 바라보는 눈동자가 '있음'이다. 그러나 둘의 형상에 무슨 차이가 있는가. 결국 '있음'의 거울 밖 얼굴과, '없음'의 거울 속 얼굴 간에는 아무런 차이도 없다. '불이不二'다.

정리해보자. 화자는 어렸을 적 숨바꼭질 놀이를 하다 숨어있던 곳에서 깊이 잠든 일이 있다. 깨어보니 날은 어두워가고 혼자뿐이었다. 자신의 의지와는 무관하게 '혼자 던져진 존재'가 되고 말았던 것이다. 이때 어린 화자의 불안한 마음은 이미 "검은 잎사귀"에 투사되고 있었다. 햇살을 튕기던 녹색 이파리들은 저녁나절의 검은 색으로 바뀌어 "우울한 노래"를 부르고 있었던 것이다. 1·2연에서는 이런 체험을 감각적인 문체로 정감 있게 묘사하고 있다. 다음 연에서는 이 파편 같은 과거의 체험이 기억의 형식으로 현재의 삶에 대한 질문을 만들어낸다. 얼마나 더 세월이 흘러가야 너에게 가 닿을 수 있으며 얼마나 더 기다려야 너의 아픔을 만날 수 있을까. 우리는 여기서 화자가 지금에 이르기까지 그리운 사람에게 '닿을 수' 없었으며 그 안타까움에 '아픔'도 겪어왔음을 인지할 수 있다. 마지막 연에서는 유년 시절 검은 잎사귀가 자신을 내려다보았듯 자신을 "찬찬히" 바라보고 있다. '나를 떠난 나'는 그때 바로 자신을 투사했던 검은 잎사귀가 아닌가. 앞의 질문이 바로 '검은 잎사귀의 노래'가 아니었던가. 존재의 아픔이 잔잔한 성찰적 사유로 이어지며 작품은 마감되고 있다.

7

위 시는 어느 정도 관념적으로 보인다. 그러나 아무리 찾아봐도 관념어 하나 눈에 띄지 않는다. 앞의 다른 시편들처럼 '시적 대상'을 여실하게 사생하고 그 사생에 대해 스스로 질문하는 게 전부다. 모든 복합적 요소는 정확히 계량되고 여과되어 이 질문에 농축되어 있을 뿐이다. 그는 생의 한 순간을 굵고 짧은 선으로 능숙하게 묘사한다. 따라서 "너는 나에게 무엇이고

/ 나는 너에게 무엇이냐"(「겨울 산 4」)라고 물을 수 있는 것이고 "너를 그리워하니 모란은 지고/ 너를 잊으니 천지간 모란은 피고"(「오월, 모란」)와 같은 역설적 절창도 뽑아낼 수 있는 것이다.

모처럼 만난 도저하고 거침이 없는 작품들이었다.